Путь Божий

Трансформационная духовность жизни

Translated to Russian from the English version of Way of God

Vikkas Kumar Goyal

Ukiyoto Publishing

Все глобальные права на публикацию принадлежат

Ukiyoto Publishing

Опубликовано в 2024 году

Авторское право на содержание © Виккас Кумар Гоял

ISBN 9789367951323

Все права защищены.
Никакая часть этой публикации не может быть воспроизведена, передана или сохранена в поисковой системе в любой форме любыми средствами, электронными, механическими, копировальными, записывающими или иными, без предварительного разрешения издателя.

Были заявлены личные неимущественные права автора.

Это художественное произведение. Имена, персонажи, предприятия, места, события и происшествия либо являются плодом воображения автора, либо используются в вымышленной манере. Любое сходство с реальными людьми, живыми или умершими, или реальными событиями является чистым совпадением.

Эта книга продается при условии, что она не будет предоставляться во временное пользование, перепродаваться, приниматься напрокат или иным образом распространяться без предварительного согласия издателя в какой-либо форме переплета или обложки, отличной от той, в которой она опубликована.

www.ukiyoto.com

My present for my two lovely sons "Vidit and Vishwam", to all children of my family and for the coming generations.

Признание

Прежде всего, мой покойный дедушка Рам Партап Гоял, который был первым, кто ввел всех нас, детей, в мир Божий. Во-вторых, неуловимое присутствие моей покойной бабушки Савитри Деви Гоял, которая прожила свою жизнь в покаянии, удовлетворении и любви, оказывает далеко идущее влияние на всех нас, и с возрастом оно усиливается.

Господу Шани (Сатурну), моему гуру, который различными путями указал предназначение души и истинного "я".

Спутникам жизни, родственникам, друзьям и всем, кто прошел этот жизненный путь, а также спутницам жизни и за ее пределами; моей жене Риче, которая была для меня безмолвным замечательным источником света.

"Мой отец Вед Пракаш Гоял и моя мать Сумитра

Гоялу за то, что он сделал меня тем, кто я есть сегодня".

1.

Все радости находятся внутри. Просто расцвети их цветами.

Заботьтесь о них и дарите им жизнь, постоянно восхищаясь ими и участвуя в них.

Примите это, погрузитесь в состояние внутреннего покоя и просветления.

Быть уверенным в себе; сознательным, восприимчивым и чистым.

...

2.

Сегодня я принимаю решение внести коррективы, освободить и поиск прощения вводит коды в сценарий этого универсального квантового вычислительного механизма, так что ранее введенные болезненные коды либо аннулируются после завершения выполнения, либо заменяются новыми кодами скрипта.

Да благословит вас Бог.

...

3.

Я - источник энергии, непревзойденный, первозданный и живой.

Я никогда не потерплю поражения.

...

4.

Следующий момент твоей жизни так непредсказуем. Радости или удары, имеющие огромное значение, часто бывают

доставили быстро. Именно тогда Его присутствие глубоко ощущается даже теми, кто не верит в Него. Это называется Кармой.

...

5.

НИЧТО пронизывает все
всё. Глубокий бесконечный вакуум.

Где существование, каким бы ничтожным оно ни было, изобилует красотой,

искра и энергия в ограниченном и бесконечном.

Это единственное существование, которое есть в мире: всплывать из небытия, чтобы раствориться в небытии.

...

6.

Что бы ни происходило;

когда осознается самое сокровенное;

с закрытыми глазами поток спокоен и самодовольен;

быть наедине с самим собой - это чувство завершенности и сопричастности;

Любовь, Свет и Унисон пронизывают каждый атом бытия.

...

7.

Вы можете воспринимать меня со своего уровня восприятия; Я Вездесущ.

...

8.

Когда в голове неспокойно и все становится неясным, просто возьми Его за руку и иди.

...

9.

Мы вместе отправляемся в путешествие.

У нас есть несколько общих функций, которые мы должны выполнять в этом огромном скрипте

Универсальный разум, который динамично программирует сам себя.

Лучше всего выполнять ту часть, которая поручена нам ИТ, без каких-либо новых вводных данных. Таким образом, все наше прошлое запускает сценарий, который

создали для нас новые коды, которые будут

беги и останови нас. Это освободит нас от дальнейшего запутывания.

Это и есть МОКША.

Даже когда в сценарий вводятся новые триггеры, убедитесь, что они не привязаны, не сдаются и не высвобождаются.

...

10.

Я не проиграю, потому что я НЕ сдаюсь.

Я наращиваю себя и силу своих усилий. Я уверен, что все действия, руководимые моей преданностью, самоотдача и любовь неизбежно приведут к освобождающей и озаряющей молитве, обращенной к НЕМУ.

...

11.

Самый простой способ достичь психического здоровья - это подчинить все наши

карма, хорошая или плохая, для всех

боже всемогущий, перед тем, как мы ляжем спать, ночью.

Скажи

"Все, что я сделал сегодня, о боже, я приписываю тебе и подчиняюсь тебе.

О высшая сила, я не могу нести это бремя привязанности

и багаж достижений, и

неудачи, которые я называю своими, на самом деле таковыми не являются.

Освободи меня от этого груза.

Я подчиняюсь тебе".

...

12.

Мои чувства вышли на первый план, и результат был таким, что каким бы он ни был

ставит нас перед дилеммой, и давление оказывается

ожидание того или иного события.

Хотя эти ожидания могут быть очень важны для нас, но все же мы должны понимать, что наши

восприятие того, что правильно для нас или

Мы очень ограничены в своих знаниях о существовании NOT и собранной нами информации.

Его решения, хотя и тонкие, оказались на удивление удачными и приносящими счастье. Даже боль отступает.

Положись на НЕГО.

13.

Не каждый день одно и то же. Но ваши усилия должны быть такими же
каждый день. Иногда на дюйм, а иногда на милю; вы будете обязательно продвигайтесь вперед. Вот в чем моя вера в Него.

...

14.

Когда основное течение жизни внутри вас остается спокойным и постоянным;

именно тогда можно ощутить чудо жизни, самозабвенно и с вовлечением.

...

15.

Я - Вселенная...

Охватывающий все,
Быть всем,
Делая все, Оставаясь неподвижным,

Я...
...

16.

Это разумная, справедливая и непредвзятая вселенная.

Каждое действие вызывает равную или противоположную реакцию.

Делай свою карму лучше!!!

...

17.

Я могу быть побежден, но не потерплю поражения, потому что Он непоколебим, к тому же во времена кристаллизации кармы

...

18.

Толчки и торможения, с которыми мы столкнулись в нашем путешествии, раздражают нас, заставляя переосмысливать, как и почему произошло то, что произошло.

Хотя анализировать полезно, критиковать бесполезно.

Все, что остается необъяснимым нашим интеллектом, как правило, является Божественной волей. Принимайте с верой.

...

19.

Возбужденный и нерешительный ум создает больше проблем, чем существует на самом деле.

Найдите в Нем силы для поддержания спокойствия, собранности и здорового ума.

...

20.

Сопереживание, доступность и держание за руки в самые тяжелые часы любой жизни.

бытие - это черта божественного в нас.

...

21.

Бурные мысли и эмоции - это не что иное, как меняются времена года в нашем сознании. Это просто химия нашего разума и тела.

Осознание этого факта и дистанцирование от него нашего истинного "я" делает эти сезонные изменения неэффективными для нас.

...

22.

Бог присутствует в нас. Мы - чистое сознание, находящееся за пределами тела и ума.

Соединение с нашим истинным "я" возможно, когда мы немного отстраняемся от тела и разума.

Когда мы становимся наблюдателями и зрительницей, наблюдающей со стороны
отдаляйте наш поток мыслей
не подвергаясь влиянию, и наш
телесные действия. Этот наблюдатель - мы, Божественные....

23.

Бывают моменты, когда логика не работает, оценки терпят неудачу и
неожиданные результаты.

Когда наши убеждения и вероисповедания кажутся
НЕ работает. Усилия в обычном направлении неоднократно оказывались безрезультатными.

Поклонитесь Ему, так как в это время Он меняет направление.

Молитесь, верьте и полагайтесь на Него.

...

24.

Хаос, неразбериха, дилемма;

Все в порядке-
Оно приходит в свое время, остается в свое время, уходит в свое время.

Пусть пройдет время.

Все в порядке.
...

25.

Подчинитесь гигантской вычислительной мощи Вселенной. Наши возможности несравнимы с этим, а следовательно, и наши решения.

Пусть Он решает за нас, пока мы работаем над заданным Им кодом.

...

26.

Оцепеневший, ошарашенный и неподвижный.
Хорошо...

Но глубоко внутри меня энергетический резонанс яркий, живой и искрящийся.

Эти подводные течения - настоящая жизненная энергия, которая удерживает меня на плаву.

Вот где Он живет.
...

27.

Я действительно устал - и морально, и физически. Ходить и ходить пешком, соблюдая все необходимые меры предосторожности.

сердцем и разумом, с самыми лучшими намерениями и надеждой на Него.

Становится холодно, сыро и темно, и конца этому не видно.

Но я все равно решил не сдаваться. Не поддаваться страху, тревога, неуверенность и уныние овладевают мной и мешают мне следовать своим путем, озаренным Его мудростью, терпением и светом.

...

28.

Возможно, я иду по пути неопределенности, войны и страха, но в одном я уверен: если мой поступок

и направление хорошее, это ненадолго, и пунктом назначения будет блаженство.

...

29.

Вечное сознание наполняет меня, тебя и Все Сущее; со всем
пропитанный его все более ярким светом,
поддерживающие объятия и возвращение в
истина - это божественное высвобождение в бесконечность.

...

30.

Не все пути должны быть изучены… И ничто не является
оттолкнутый… Это Его приказ,
к чему всегда следует стремиться.
Его руководство всегда благочестиво.

...

31.

Это свет внутри нас, которым мы являемся.

Если мы немного отойдем от нашего бренного тела и разума, это просветит нас

с тем фактом, что мы ведем стабильное, чистое и самодовольное существование.

...

32.

Подчинение Его воле - это НЕ застой кармы. Это просто выполняя карму, не запутываясь и не привязываясь к ее силе и результату.

...

33.

Свет приходит с осознанностью и молитвами, и это заставляет нас осознать, что истинный источник света находится внутри.

Мы - Свет, Творец и Сотворенное.

Это значит быть Единым целым.

...

34.

Тишина внутри и соблюдение правил... просто присутствовать и действовать в соответствии с тем, что приходит само собой, с осознание и капитуляция.

Это способ быть легким и здоровым.

...

35.

Указания не приводятся... Свет в небе - всего лишь пятнышко... Воздух чистый и

хрустящий... Вы предоставлены сами себе; спокойны, молчаливы и непринужденны. Это

где вы осознаете Его присутствие

очень мило и тепло.

"Брахама Мухурут" (За несколько мгновений до восхода солнца) - это Божественное время.

...

36.

Следите за своими шагами... следите за тем, как вы себя ведете... Остальное зависит от Его воли.

...

37.

У людей есть мнения, верования и доктрины, на основе которых они проживают свою жизнь. Каждый создает эти семантика и образ жизни в меру своих возможностей, потому что каждый хочет прожить жизнь в блаженстве.

Сама основа этого процесса определения правил жизни и задействованная мысль - это ключ к определению направления и пункта назначения.

Молитесь о Божьем руководстве....

38.

Сияйте изнутри, ярко и спокойно. Почувствуйте и осознайте, что
свет находится внутри вас. Оживляйте и озаряйте светом.
...

39.

Не каждый день, не каждый месяц, не каждый год похожи друг на друга. Когда мы гуляем

жизненный путь, пейзажи, воздух и атмосфера постоянно меняются.

Это никогда не бывает конечным пунктом назначения, и:

* Это Тоже Пройдет.*

...

40.

Идя по этому пути, я придерживаюсь ряда правил, вытекающих из моего

совесть и воспитание. Это

мы все делаем все, что в наших силах.

Прохождение этого пути - высшая молитва к Нему.

...

41.

Обремененный разум отягощается и устает, когда, отправляясь далеко,
количество нежелательного багажа должно быть равно нулю.

Время от времени приводите себя в порядок и следите за тем, чтобы не поднимать и
возьмите с собой ненужное во время дальнейшего путешествия.

...

42.

Ожидания - это самый большой источник всех страданий.

Вера и распутывание Кармы - это самый большой источник блаженства.

...

43.

Я иду, несмотря ни на что. Это действительно трудно и иногда становится очень страшно, но мой

опыт подсказывает мне, что через некоторое время все меняется.

Опыт также подсказывает мне, что даже увеселительные поездки не длятся вечно.

Всегда имейте веру.

...

44.

Я никогда не скажу "умри", потому что я - бесконечная, вечно чистая любовь.

...

45.

Проявления Кармы могут быть крайне жестокими и могут потрясти до глубины души наше существование, но это

мы уверены, что это всего лишь реакция на действие, которое мы когда-то совершили.

...

46.

Чистая любовь превосходит все границы.

...

47.

Чтобы создать любящий мир, сначала вы должны стать Любовью.

...

48.

Я еще не закончил, пока нет. В этом бесконечном путешествии, продлевающем жизнь

и круговорот смерти, я - воин света и энергии, преодолевающий

ограничивающие привязанности смертных и ментальных существ.

Я путешествую распутанным.

...

49.

Нет ничего невозможного, когда ОН на нашей стороне. Единственное условие - это намерение и цель.

Храните их в чистоте, и вы почувствуете ЕГО присутствие.

...

50.

Что бы ни пришлось пережить, будь то хорошее или плохое, в опыте, для тела и для ума, это должно быть

прошел насквозь. Пусть так и будет. Немного

дистанцирование нашей основной жизненной энергии от этих переживаний приведет к

долгий путь к стабилизации и успокоению нашего существования.

...

51.

Будь там... Делайте то, к чему вас призывают, - мудро, бесстрашно и прилагая максимум усилий... Уходи к Нему...

...

52.

Осознание самой сути существования - пробуждение каждой клеточки
и жизненная сила создает поселение бессмертных.

...

53.

Непрестанно двигаясь с упорством, с неугасающей верой в благость и твердая вера в Него проявляют в нас божественное.

...

54.

Когда вы понимаете, что, что бы ни происходило вокруг во всей этой драме бытия, ваша

вовлеченность в него, потрясения

ума и тела - глубоко внутри нас-

"сама суть нашего существования", всегда оставаться безмолвным, чистым и

незатронутый. Только благодаря этому осознанию божественный свет проникает в нас.

...

55.

Когда внешняя сторона существования воспринимается как сцена, поток жизни,

закономерности или чистые события, в которых мы являемся посетителями без каких-либо

это влияет на саму нашу внутреннюю жизненную энергию... Если смотреть с такой дистанции, то расширение прав и возможностей и

устойчивое присутствие становится способом

жизнь.

...

56.

Созерцая, перезапускаясь и предвкушая совершенно новое блаженство и возвышение с любовью,

Принятие и вера направляют нас в лучшее русло.

...

57.

Может, сегодня я и не в себе, но завтра будет другой день. Я остаюсь
чтобы украсить его сегодняшними решительными усилиями.

...

58.

Делаем то, что нужно нам, с любовью и радостным настроем. Радуясь тому, что есть и что делаешь. Непривязанный и неоклеветанный. Все это время держа
Его руки. Как чудесна эта жизнь, которая случается с нами.

...

59.

В разгар погружения в трудные ситуации, когда все опоры уходят или становятся беспомощный, только ЕГО благодать является нашим спасителем.

Непрестанно молитесь Ему.

...

60.

Возвышенность и безмятежное блаженство, устойчивость мыслей, глубокая вера и покой во всем

бытие. Это среда Вечной Парамананды (Состояния Крайнего Вечного Блаженства).

...

61.

Когда сгущаются тучи и путь становится туманным, крепче держите его за руки и идите с терпением, верой и молитвой.

...

62.

Понимание или его отсутствие определяет нашу точку зрения и наше

принятие идеи, ситуации или теории.

Если что-то непонятно, а интеллект зависит от заданного шаблона

или вера, это может привести к нежелательным ситуациям.

Молясь о хорошо направленном разуме и понимающем интеллекте.

...

63.

Облака и неопределенность временны, как и периоды яркого солнца и темных ночей. Ничего
остается неизменным. Яркий свет чистого усилия, истина и мудрость
божественное в любом случае делает нас непоколебимыми во все времена.

...

64.

Я буду парить, сражаться, ходить, ползать и летать; чего бы ни потребовала от меня Его милость, без угрызений совести.,

запутанность или осуждение.

...

65.

Никогда не теряй веры, даже если окажешься в самой глубокой яме на пути своего путешествия. В самый темный час и на низшем этапе Его присутствие более ощутимо, если мы восприимчивы с верой, преданностью и молитвами.

...

66.

Молитесь и будьте тверды на пути к мудрости, действию и вере.

...

67.

Я - целое, вселенная и рев божественного. Я тот самый
проявись, и я - возвышенный. Я
я - руины, а я - высота. Я
я стройнее всех, и я - проводник. Я - это будущее, настоящее и то, что прошло.

Обнимайся, действуй и танцуй таким, какой ты есть
Я.
...

68.

Свет Кришны

कमण्येवाधकारस्ते मा फलेषु कदाचन ।
मा कमफर् लहेतभु मर् ○र꜀ ते
संगोऽस्त्वकमर् ण ॥

*************************** तेरा कमर् करने म ह अधकार है, उसके फल म कभी नह। इसलए तू कम के फल हेतु मत हो तथा तेर कमर् न करने म भी आसिक्त न हो। Ваша свободная воля заключается только в выполнении Кармы или Действия (физического, Ментального, Эмоционального и Психического).

Вы не имеете никакого права на какой-либо результат. Таким образом, вы не получите

привязанный к Кармапхале или к

плоды Кармы, и ни один из них не должен испытывать отвращения к совершению Кармы.

****

Посвятите себя Джагат Гуру Кришне, преданно следуя ЕГО руководство и заповедь.

Распутывающий, преданный и исполнительный Карма - это единственный блаженный способ прожить эту жизнь и за ее пределами.

...

69.

Желания разума затуманивают разум мудрых, и абсолютно
никто не может этого избежать

это сильное притяжение до тех пор, пока Всеобщее

Мудрость Божественная осветляет и рассеивает туман.

...

70.

Внутренняя сила души всегда озаряет нас и мир изнутри.
вывернутый наизнанку божественным светом, если мы сможем раскрыть его, удалив
затуманенность эго, привязанностей и желаний.

...

71.

Когда колеса нашей жизни находятся в божественных руках, и мы следуем предписанному, это делает нашу жизнь лучше.

путешествие плодотворное и освобождающее.

...

72.

Терпение и вера в Него являются основой силы в любой ситуации.

...

73.

Бойцы преодолевают все границы смертности. Когда дело доходит до
переживая битву, они делают
это молитва и посвящение себя божественному.

...

74.

Идите с меньшим багажом привязанной кармы, посредством постоянное подчинение божественному.

Путешествие будет более приятным, когда вы будете чувствовать себя легко и непринужденно.

...

75.

Нет более сильной силы, чем сила времени и божественного повеления.

...

76.

От начала и до конца этого существования, если постоянный поток

Его присутствие признается всеми вокруг, а значит, и само это существование

становится потоком божественного.

...

77.

Суть мирного, освобождающего и восхитительного жизненного пути и за его пределами - это действия с мудростью, терпением и преданностью.

...

78.

Я непобедим, вездесущ и всегда чист.

...

79.

Тишина и безмятежность утреннего неба; безмятежный воздух, когда
даже утренние птицы еще не начали свой день. Вдохни жизнь...

...

80.

Сражайтесь как воин мудрости, правды, сочувствия, справедливости и

преданность. Вы, несомненно, будете участвовать в битве за возвышение,

разработка и выпуск.

...

81.

Вопросы, которые возникают из-за собственной безопасности, при отсутствии веры в Его защиту; могут быть самостоятельными

разрушителен как для отдельных людей, так и для окружающего мира.

Проходите с верой.

...

82.

Разве мы все не можем быть правы всегда?

Мы бы этого хотели! Но на макроуровне у Универсального разума есть лучшие и справедливые ответы. Верить, посвящать и предавать себя им.

...

83.

Выполнять предписанную Карму и с верой подчиняться Ему - лучший способ, так как Его планы всегда лучше, чем у нашего ограниченного интеллекта.

...

84.

Во время путешествия иногда тоже светит солнце

яркий, просто чтобы лучше показать ситуацию и прояснить все на нашем пути.

Быть сознательным и восприимчивым во время этой фазы делает наш

направление улучшается, и наш разум просветляется.

...

85.

Когда мы поднимаемся над драмой этого космоса, который мы видим вокруг себя, и начинаем быть стабильными, спокойными и
завершите себя; именно тогда внутри вас начнет расцветать настоящее божественное блаженство.

...

86.

С любовью мы начинаем обнимать и посвящать себя.

...

87.

Начните день с тишины, сосредоточив все свои силы на Шунье (небытие), с закрытыми глазами и переживая увиденное непривязанным умом. Многие вещи

распутайте это, и небо души прояснится.

...

88.

То, что создано с Любовью, божественно...
...

89.

Пусть внутри вас ярко сияет свет, так как это единственный источник света.

просветление в каждом человеке.

...

90.

Я - всеохватывающее, пространство, осязаемое и неуловимое.
Я - сознание и энергия во всём, что существует.

...

91.

Я принадлежу Вселенной и охватываю ее всю.

Ничто не находится за пределами моих безграничных границ. Я стою на месте и всегда в движении. Я создаю, сохраняю и перерабатываю. Я

Целое, Самое крошечное и Все такое прочее.

...

92.

Душа превосходит все, пребывая веселее в наших сердцах, слушая, переживая и оставаясь непривязанной.

Вот как мы должны вести себя в этом мире.

...

93.

Самоотверженные действия, умиротворение ума и твердая вера ведут к блаженству и безмятежности, которые являются божественными и освобождающими.

...

94.

Иметь веру, праведность и любовь к самому себе - это само по себе
лучший способ послужить Ему.
С этого начинается путешествие к освобождению от Кармы.
...

95.

В Его царстве есть все видимое и невидимое, причина и следствие, тонкое и осязаемое.

Его присутствие ощущается в каждом кусочке. Он желает и благословляет всего наилучшего для всех.

Он дает Волю действовать и никогда не вмешивается.

Это просто его любовь ко всем, которую он уравновешивает для всех в равной степени.

Действие свободное, в то время как уравновешивающую часть он оставляет за собой.

Вот и вся семантика.

...

96.

Его любовь во всем равноправна и все поддерживает. Сознательное бытие

осознание и принятие этого - ключ к тому, чтобы воспринять это во всей полноте.

...

97.

Когда в твоем сердце есть любовь, в твоем разуме - намерение мудрого, а в твоих руках - его поручения, это когда ты сможешь найти Его по-настоящему.

...

98.

Я охватываю целое, и целое находится внутри меня. Я - творец, тот самый

поддерживающий и разрушающий. Я

вселенная и видимое - невидимое. Я существую во всех измерениях, во всех

в пространстве и во все времена. Я - тьма и я - свет. Я - король, и я - бедственное положение.

Я люблю себя и все, что у меня внутри.

...

99.

Подчиняясь Его воле, мы выполняем наши поручения с любовью и

тогда спи спокойно, с верой и преданностью Ему.

100.

Счастье - это состояние нашего единения с божественным сознание. Когда мы подключаемся к
благодаря этой энергии все вокруг становится источником нескончаемой и постоянной радости.

101.

Видеть Его присутствие в каждом человеке - одно из величайших проявлений поклонения.

Вселенское присутствие Его божественного проявления и наше осознание этого окружающими нас людьми является поучительным.

102.

Молитесь и с преданностью ощущайте себя частью целого.

Непрестанно развязывая Карму, вы служите Целому, как Он служит всем.

103.

Сделайте шаг вперед и расслабьтесь, почувствуйте боль и радость, вовлекайтесь и
освобождайте, сейте и пожинайте; заставляйте их работать на вас в
снаружи, как и внутри себя, вы - чистый свет, спокойный, неподвижный, неизменный и безмолвный.

104.

Неустанные усилия, искреннее сердце в основе и мудрые цели в голове имеют

Его милости и пожалования. В чем же тогда сомневаться?

105.

Пусть Его любовь разливается по миру. Будь медиумом.

106.

Неудивительно, что Он такой любящий и предоставление, ибо все это является формой Его проявления.

107.

Мы начинаем с самых лучших сердец, света благодати и невинности. Учась, улыбаясь, радостно живя в этом мире с предельной верой и

вера в наших сердцах в то, что все хорошо, совершенно и безопасно.

Оставаясь в том же статусе, мы будем служить лучше, и у нас не будет сомнений в нашей

сердца и ясное видение в нашем сознании того, что за нами всегда наблюдают.

108.

Когда мы отправляемся в путешествие, стремясь достичь своей цели, наш маршрут определяет, как это произойдет.

О самоотдаче, вере и любви к Нему было сказано, что это самое лучшее.

109.

Очевидны Его пути, Его Любовь и защита. Видя его присутствие вокруг создает
путешествие становится еще прекраснее.

110.

Я - Вселенная, маленькая и большая. Я страдаю и радуюсь. Я счастлива и плачу. Я строю и

уничтожать. Я - дождь, и я - небо. Я - настоящее, будущее

и то, что прошло мимо. Ты можешь видеть меня и чувствовать в моем теле.

все и вся, мимо кого ты проходишь.

111.

Он - ЧИСТАЯ ЛЮБОВЬ. Его проявления происходят повсюду, чтобы утешайте, держитесь за руки и проходите по нашим дорогам как душевный товарищ.

Он - Настоящая Родственная Душа.

112.

Я иду сквозь облака и солнечный свет с твердой верой в Его любовь, свет и защиту.

113.

У меня есть Сила, Свет и Воля к действию. Я буду Действовать Творчески, используя Его Свет в мыслях и Посвященную Ему Силу для выполнения Его приказов.

114.

Старайтесь изо всех сил, потому что небо - это предел возможностей. Ни одна из измеренных вершин не является самой высокой.

115.

Путешествуйте с мощью Его колес, светом Его руководства и подчинись Его воле. Вы будете на правильном пути.

116.

Величие Его Благодати видно в нас, когда Он изливает на нас свое бытие

с величайшим счастьем и радостью, без всякой видимой причины.

Если мы попытаемся почувствовать, то Его присутствие можно будет ощущать каждый час, каждую минуту

и каждое мгновение защищает нас и изливает Свои лучшие благословения.

117.

Милостивый Господь, помоги нам очиститься, помоги очистить себя от
недостатки и грехи, даруй нам
ваши дары божественного и постоянного счастья и нескончаемого блаженства.

118.

Пусть путь станет ясным и сияющим, ибо в то же время у вас есть

настойчивость, вера и терпение.

119.

Изменение направления ветра требует осознания с ясностью, охватывающей

с принятием и твердой верой в Его решения.

120.

Что-то уже началось; это Воля Божья. Что бы ни происходило, мы принимаем это с миром, любовью и верой в сердце.

121.

Прошлое ушло, и его нельзя изменить. Единственное средство для достижения светлого будущего - это очищение Кармы в настоящем.

122.

Оставайся на ногах, продолжай сражаться, продолжай сиять, как воин жизни.,

благодать даст больше силы, чем больше вы будете держаться прямо и продолжать верить.

123.

Один приходит и уходит, а другой стоит у двери. На сцене это происходит постоянно. Хороший актер играет наилучшим образом и

возвращается домой довольный своим

усилие. Он возвращается домой, возвращается самим собой, а не как персонаж, которого он сыграл.

Вот в чем суть этого путешествия.

124.

У судьбы есть странные способы проявляться. Иногда внезапный и

в других случаях постепенно. Болезненный или радостный. Склоняясь с

принятие и решимость создавать

лучшая судьба через лучшую карму - это путь наверх.

125.

Времена и ситуации имеют обыкновение удивлять всех своим неожиданный. Формы ломаются, им придается новая форма и они заменяются.

Поняв эту семантику и подчинившись Его воле, вы избавитесь от бремени и останетесь с любовью.

126.

Я есмь огонь, свет и душа, озаряющие семь миров. миры, где бы они ни находились. Я - сила, творец и весь мир. вершина; окружающая все целое. У меня есть просторы Вселенной, и я играю самую крошечную роль. Я создавай, оставайся, разрушай и создавай снова.

Я тот, кто никогда не достигает конца.

127.

Строго придерживаясь правильной этики
и продолжать делать это в любой ситуации может оказаться сложнее,
но это обязательно сделает вас победителем.

128.

Я начну и не остановлюсь ни по каким причинам; назначенный мне путь - это мое освобождение.

129.

Во всех отношениях наш интеллект имеет свои ограничения. У вселенского разума есть ответы получше. Следующий такие ответы всегда лучше.

130.

Дожди, бури, туман, темно или ясно, ярко солнечно; существует способ

Его привычки. Склоняйтесь и принимайте с верой и предубеждением.

131.

Идя по жизненному пути, всегда направляйте Правую Ногу, Правильную Мысль, Правильное усилие вперед, неся непоколебимую Веру

и постоянные молитвы в сердце.

132.

Молитвы обладают огромной силой; даже если, казалось бы, нет немедленного эффекта, несомненно, что-то улучшается.

133.

Пусть ваш огонь горит ярко, особенно во время бури. Этот огонь веры, облегчающий карму,

бессмертный дух и истина Божья, это

единственный факел, помогающий идти по правильному жизненному пути. Тьма иного - это порочный круг фатума.

134.

Хотя тучи могут сгущаться, а восхищение сменяться отвращением. Пути становятся неясными, и усилия

превратится в пыль. Это непоколебимая вера йога и его непрестанное утверждение,

который все еще видит Свет Божий ярким и ясным.

135.

Истинное сожаление и исправление - это верный способ освободиться.

136.

В то время как форма остается неизменной и разрешенной, наш шаблон находится в определенном

путь. Секрет в том, чтобы определить тот естественный паттерн, который нам присущ,

бережно относитесь к нему и уважайте его семантику должным образом, с изяществом и благодарностью.

Это наш контрольный лист для этой части путешествия в небытие.

137.

Все живое - это искры Его Света и Его Сознания. Когда разум начинает понимать это,
возникшая путаница улаживается раз и навсегда.

138.

Я и есть война.;
Я - мир.;
Я - любовь.;
Я - освобождение;
Я - победа;
Я - это поражение;
Я - это то, что ты видишь и чувствуешь;
Я тот, кого ты только воспринимаешь.;
Я - Все, внутренний свидетель...

139.

Бог проявляет Себя множеством способов, тонко и ощутимо.

Понимание того, что все вокруг является проявлением Бога, порождает сомнения. Попробуй...

140.

Встаньте ради благого дела. Принять решение о добивайтесь успеха с наилучшей кармой. Быть послушным долгу и верить в то, что быть исполнительный человек удовлетворит ваше призвание.

141.

Наступает время рассвета, когда я соединяюсь с Ним глубже, оставаясь спокойной, неподвижной, безмолвной. Я обретаю Дзен, Свет и Силу.

142.

Я - сила природы, обладающая способностью творить, раскрашивать и изменять форму.

То, как это освобождает, просветляет и божественно - вот что отличает одного "я" от другого "я".

Осознай свою силу.

143.

Являюсь ли я результатом случайности, или я тот, кто создан с определенной целью?

Что, как и почему происходит, именно так, как это происходит.

Ответом на этот вопрос, хотя и неуловимым, но ясно проявляющимся, является Закон причины и следствия, Закон Кармы.

144.

Стойте во весь рост, будьте тверды, посвятите себя человечеству. Придерживаясь того, что является управляемый путь никогда не поставит вас перед дилеммой.

145.

Начните день с веры, силы воли и молитвы.

146.

Сражайся или беги... Все, что необходимо и чем руководит "Его Воля" - это лучший способ освободиться от кристаллизации кармы.

147.

Я и Он - одно целое на уровне сознания. Восприятие и проявление осязаемой формы - это завеса разделения.

148.

Шива - вечный йог, идеальный домохозяин, величайший преданный, космический разрушитель, Натараджа,
наблюдатель и защитник, сохраняя
яд и дарящая Ганга.

Можем ли мы быть кем-нибудь из них в надлежащем виде? Даже становление одним из них дарует деватву (Божественные черты).

Посвящается Дэву из Дэвов; Махадеве (Шиве).

149.

Это вопрос существования и благополучия для всех. Тот, кто всегда заботится о тебе, - это Он сам. Во многих формах и во многих отношениях о всех нас заботятся.

150.

Время обладает величайшей властью. У него есть все возможности и власть, чтобы превратить все в то, что предначертано Его волей.

151.

Я начинаю свой день в твоем королевстве.

Твое желание - закон для меня; я преклоняюсь перед тобой, мой Создатель...

152.

Придерживайтесь правды, говорите правду,
Живи с Истиной, потому что Он есть
Правда. Вы никогда не впадете в отчаяние, находясь рядом с Истиной.

153.

Однажды это обязательно принесет плоды; уравнения кармы в Матери-природе никогда не остаются нерешенными - ни днем позже, ни днем раньше.

154.

Имейте в виду что-то одно; каждый раз, в любом состоянии, во время болезней,
во время веселья, в проигрыше и в победе, что Его любовь к
все непоколебимы. Он - постоянный поток любви и света всегда и везде.

155.

Молитва в начале дня и в начале ночи приносит энергию и удовлетворение, но больше всего

важная молитва - это когда мы выполняем возложенную на нас карму в течение рабочего дня, с преданностью и самоотдачей.

156.

От проявления до окончательного освобождения путешествие продолжается благодаря толчкам и притяжениям Майи, божественной иллюзии Матери-природы.

Молясь нашей любящей Матери

Природа и воздержание от этого подталкивания с ее благословения и есть садхана.

157.

Сосредоточьтесь на Нем, на Его взгляде, действии, результате, путешествии, начале и конце. Таким образом, мы сможем продолжать путь распутанными, с ясным умом и нетронутыми.

158.

Он является Универсальным Разумом и, следовательно, совокупностью Его
расчет может быть принят как ПРАВИЛЬНОЕ решение.

Да, принимайте с верой, покорностью и самоотверженностью.

159.

Все, что остается неизменным, непоколебимым и вечно чистым среди бурь и покоя во всех существах, является частью ЕГО основной энергии.

160.

Внутренняя привязанность души к высшему нисходит в безмолвие

"я", которое видит, вовлекает, наслаждается, но при этом всегда пребывает в "я" в блаженстве.

Это Парамананда.
(Состояние крайнего Вечного блаженства)

161.

Всякий раз, когда начинается "я", я должен заканчиваться на ОН; чего бы "я" ни хотел, это желание должно завершиться в НЕМ, и кем бы "я" ни был, оно будет даровано ИМ.

162.

Причины существования и проявления кармы до сих пор - это результат действий без

знание. Примите решение с этого момента делать

осознанная и освобождающая карма, чтобы получить блаженное освобождение.

163.

Много сражений, много радости и счастья, много отчаяния и капитуляции. Верующий в божественное всегда проходит все те, у кого стабильное "я" и любовь ко всем.

164.

Я был, я есть, я буду; такова реальность нашего божественного существования.

165.

Огни сердец и душ, озаренные БОЖЕСТВЕННЫМ внутри, - это свет, который

освещает мир.

166.

Жизненный путь и его тропинки; идите быстро, идите медленно, сядьте, расслабьтесь, затем

снова прогулка. Пребывание в путешествии может только облегчить и высвободить нас для божественного.

167.

Отпусти себя; не на каждый прилив есть ответ. Происходящее - это его воля,

и вот тут-то и кроется ответ.

168.

Карма, созданная в период "Свободной воли", создает "Судьбу". Во время Кармы, управляемой Судьбой, мало что можно сделать

Период кристаллизации.

Попробуйте создать освобождающую карму, пока действует "Свободная воля", чтобы

создайте прекрасную и освобождающую судьбу.

169.

Нет лучшего лекарства, чем
Любовь и прощение - ради лучшего и счастливого мира.

170.

Начните день с новой решимостью справиться со всеми возложенными на вас задачами.

энтузиазм, преданность и вера в сердце.

171.

Вера, верование и упование на бога с молитвами в сердце - вот пути, которые значительно облегчат преодоление этого пути.

172.

Происходят великие сражения, и присутствуют свирепые бойцы сами откликнулись на призыв. Не все
но битвы есть битвы. Многие из них являются требованиями долга, на которые воины отвечают с энтузиазмом и самоотверженностью.

173.

"Я" никогда не перестану существовать. "Я" было, есть и будет здесь, как часть целого, всегда.

174.

Держи "Его" за руку.

175.

Упорный труд ничем не заменишь. Даже когда все, казалось бы, обстоит иначе.

оставаясь неподвижным, несмотря на все усилия, будьте уверены, что разочаровывающая карма - это

нас нейтрализуют. Продолжайте усердно трудиться, и день чистоты приблизится.

176.

Занимайтесь тщательным изучением Кармы.

Имейте в виду широкое путешествие души и влияние, которое может оказать на него ваша нынешняя карма.

177.

Это ЕЩЕ НЕ конец.

Путешествие - это постоянное погружение в бесконечность. Обширные просторы
божественность находится внутри вас и снаружи.

178.

Иногда путешествие бывает слишком туманным, а путь - неопределенным, но когда ты держишь Его за руку, ты уверена, что находишься в безопасности.

179.

Сражайся как воин, за то, за что нужно сражаться, без страха. Имейте непоколебимую веру в Его защиту, но мудро выбирайте свои сражения.

180.

Терпение по отношению к себе, к своему времени и событиям - источник мирного существования.

181.

Он - чистая, бессмертная истинная любовь.
Раскрой свои объятия.

182.

Расправь крылья знания и лети с мудростью, подобно птице, летящей над миром, видя его с высоты птичьего полета.

сверху, как зритель, наблюдающий за происходящим.

фильм, отстраненный и знающий.

Имейте его веру.

183.

Звук творения "Ом", всеохватывающая первобытная энергия, вездесущий, облегчающий и полюбившийся. Таков Он и есть.

184.

Какой бы ни была ситуация, Он вездесущ, как и его воля во что бы то ни стало. Имейте веру.

185.

Всегда верьте в Его любовь.

186.

Когда осознается Свет, вселенная озаряется светом.

187.

Судьба - это общая сумма того, что осталось. Карма - это способ добавить или

вычтите из этого. Разумно добавить развязывающую карму и убавить, уважая судьбу.

188.

Звук шагов судьбы становится очень отчетливым, когда все складывается определенным образом. Это когда ни один человек мышление работает. Только Его воля.

Уважительно следуйте за ними.

189.

Победа над Собой - это победа над вселенной.

190.

Время обладает всей силой, чтобы проявить прошлое, в то время как наша Карма обладает всей силой, чтобы изменить его в соответствии с будущим курсом.

191.

В любом случае, продолжайте свой путь; "иногда" отличается от "иногда", и каждый раз важно то, что вы делаете. Имейте веру и начинайте действовать.

192.

Сбитый с толку, испуганный, оставленный без внимания; это не имеет значения, вставай и начинай действовать; имей веру.

193.

Никогда не теряй надежды, никогда не перегибай палку; ничто не вечно.

194.

Осветите себя светом тепла, любви и отдачи, с искренним сердцем и намерениями. Вот как нужно любить Бога.

195.

Шагайте с бесстрашной уверенностью, чего бы это ни стоило; оно того стоит, если это Его путь.

196.

Мы находимся на планете, как драгоценное достояние Его любви. Берегите себя и будьте уверены, что вы никогда не будете одиноки.

197.

Шагайте по жизни с Его светом в голове и верой в сердце.

198.

С самого начала Его любовь не менялась и никогда не изменится.

199.

Давайте поприветствуем этот день таким, какой он есть, за то, что он предлагает, и за то, что мы проходим через это, полагаясь на Него.

200.

Давайте произнесем молитву Господню и будем стремиться к счастью и
прекрасна при жизни и после нее.

201.

Радости вечности, проявляющиеся в мир несравним, как и болезни.

202.

Спокойный, стойкий и верующий, никогда не сбивается с шага. Погода может быть любой; его глаза всегда видят божественное во всем.

203.

Когда карма обрушивается на вас, проходите через нее с верой и предубеждением.

204.

Великие дела происходят, когда принимается Его Воля.

205.

Спокойный разум может в хаосе прислушиваться к божественному руководству.

206.

Величие - это Его присутствие, и еще больше Его любовь. Открой свой

руки и душа, чтобы погрузиться в них.

207.

Укрепляйте веру в Бога, уменьшайте волнение смертного существа. Душа в любом случае знает истину.

208.

Жизнь - это благословение для эволюции души. Да, он может быть разного цвета, но это только для того, чтобы небо над конечным пунктом назначения было чистым и светлым.

209.

Драться - это хорошо. Сражайтесь с демонами внутри себя и победите их навсегда.

210.

Успокаивать чувства, принимать Его волю всем сердцем, с Любовью. Это извергает блаженство.

211.

Смятение мыслей, неуверенность в себе, затяжной страх снова упасть и унижения - все это является частью перехода с одного места на другое и движения вперед.

Совершать путешествие шаг за шагом с осторожностью и верой в Его справедливость и присутствие - это несомненно и наиболее

надежный спутник на жизненном пути.

212.

Поражения, трения и нежелательные события случаются даже после самых тщательных усилий.

Не впадать в уныние и не увязать в несбывшихся мечтах.

ожидания, продолжайте прилагать все усилия, чтобы добиться результатов

сдалась Ему.

213.

Хаос и неустроенность ума, неуверенность в сердце, страх и сомнения. Переживите их с
полное сердце, храбрость, решимость НЕ прекращать выполнять порученное и держать ЕГО за руки.

214.

Жизнь, проведенная с любовью и преданностью, - это жизнь, проведенная с пользой.

215.

Благочестивые намерения, сотрудничество с другими, любовь к существу и
предайся Богу. Какая же это счастливая жизнь!..

216.

Я здесьВсегдаВ тебе, в
он, в нейВо всех созданияхВ
все, что ты видишь, и я единственный, кого ты не можешь увидеть

Я - Вселенная, Мир и Хаос.

217.

Есть темп, направление и средства, назначенные Им для каждый. Делать это с преданностью, верой и миром в сердце - значит освобождать.

218.

Мы начинаем с нуля и действительно ничем не закончим. Мы только что воплотились благодаря действиям

прошлое и уйдет с последствиями

действия, которые мы совершали, находясь в этом мире, чтобы продолжить путешествие.

Будьте осторожны с этой реальностью.

219.

Намерение доброе, сердце чистое и непоколебимое при выполнении порученного

Карма. Вот где Бог счастливо пребывает.

220.

Первый день в году, а впереди - совершенно новые возможности и радости.

Лучшей жизни, новых достижений и счастья в сердце.

Все это может предложить его светлость.

Развивайте способность принимать.

221.

Заканчивается еще один год, прокладывая путь к новому году. Это всего лишь искусственная запятая в путешествии вечность. Огромное пространство этого пути должно быть пройдено без единой запятой со спокойным умом, неустанные усилия и глубокая вера в Его свет.

222.

Я - Душа, часть этого целого, проявленная на этом плане бытия.
осязаемость, с определенной целью, для
служите этой цели и возвращайтесь к целому.

223.

Начните с Доброго сердца. Закончите с хорошей кармой. Пребывайте в мире.

224.

Мы путешествуем, и да пребудет с нами мир.

Благодать Его света озаряет наши души и умы. Поклонись и сдайся Ему.

225.

Сосредоточьтесь должным образом на Своих мыслях, действиях и вере в Него. Оседлое существование всегда более плодотворно.

226.

Искупайтесь в источнике Радости, блаженства и Единства себя и окружающего мира. Вселенная будет танцевать под вашу дудку.

227.

Ищите, работайте над достижением более высоких целей и стремитесь к их достижению.

спектр, где есть

поселение, безмятежность и обитель прекращения.

228.

Великие дела происходят с душами, которые подчиняются Его воле, процветают и радуются Ей.

229.

Почему бы не сохранять спокойствие в бурю и в приподнятое настроение? Они оба - эмоции и завесы Майи на жизненном пути.

230.

Начните день и посвятите себя Ему. Работайте с силой, упорством и доброжелательностью.

Отдайся Ему в конце дня и ложись спать.

231.

Какое ОБШИРНОЕ творение Он создал, с таким большим разнообразием. По-прежнему во всем есть смысл, ритм и Его забота.

Верьте, что даже самые маленькие находятся под Его опекой, как и вы сами.

232.

Наблюдайте Его присутствие во всем и повсюду. Именно через нас Он действует. Доверяйте действиям Вселенского Разума.

233.

Жизненный путь - это вопрос блаженства, когда вся наша вера, преданность и молитвы обращены к Нему. Также,
что бы ни происходило, мы приписываем это Ему и предаемся Ему целиком.

234.

Воздержание в действиях без воздержания в мыслях подобно голубю, который закрывает глаза на

стоит кот, думая, что если он не может видеть кошку, то и она не сможет видеть.

Это бесполезно, и очень скоро кошка запутанной кармы придет и схватит вас.

Сначала сделай себя знающим и решительным воздерживаться мысленно.

Воздержание от действий последует естественным образом.

235.

Глубокая преданность Ему, непоколебимая вера в Его волю;
радостно выполняя Свои поручения.
Таким образом, нет ничего более блаженного.

236.

Молитвы и вера в Бога - это столпы силы на жизненном пути.

237.

Терпение по отношению к Нему и Его воле; продолжать делать то, что ему поручено; вот как нужно двигаться.

238.

Его благодать сияет на всех. Он - спаситель во всех ситуациях. Поклонись Ему.

239.

Поклонитесь Ему и начните свой день с божественных благословений.

240.

Выполняя Карму честно, усердно и самоотверженно, а затем отдавая их Ему. Это то, как волнения не могут поколебать нас.

241.

Жизнь может быть полна блаженства и болезней, приходящих и уходящих, как
колесо велосипеда движется по ободу. Вот как Могущественные поддерживает и погашает долги и активы своих детей.

242.

Доверяйте его повелениям; позвольте проявиться его воле, ибо он - господь.

верховный главнокомандующий, который любит всех одинаково.

243.

Давайте работать с любовью и
Преданность Его воле, возложенной на нас.

244.

Взлеты и падения на жизненном пути - все это здесь для того, чтобы показать нам новые зрелища, такие как виды из долины и топы все разные, и все Его творения.

Наслаждаясь ими с непоколебимой верой, преданностью и самоотдачей, Вы раскроете Его.

245.

Времена года и ландшафты могут меняться. Это естественно семантика Матери-природы. Наша преданность, самоотдача и отношение к НЕМУ НЕ должно измениться.

246.

Сердечные дела, если они связаны с Его
Воля - это высшее блаженство и свобода.

247.

Ведите целенаправленную войну за справедливость, праведность и мудрость. Он будет на вашей стороне.

248.

Будь тверд, будь мудр, будь правдив, каким бы ни было время года в жизни. Это превосходит все на свете.

249.

Имейте веру, хвалу и преданность Его милости, и с вами всегда будет происходить самое лучшее.

250.

Имейте веру, хвалу и преданность Его милости, и с вами всегда будет происходить самое лучшее.

251.

Великие дела случаются с теми, кто придерживается предписанной им Кармы. Счастье - это обитель Его Милости.

252.

Только Карма способна манипулировать тем, что происходит на пути

о жизни. Никто другой не может изменить путь, предначертанный Карма Пхалой.

253.

Такова жизнь. Если вы проживете это так, как
Воля Божья, тогда все божественно. В противном случае это связка
болезни, возникающие из-за изменения характера его воли.

254.

Делайте что-то с чистым сердцем, сочувствием и трудолюбием. Покойся с миром, верой и преданностью своему делу. Он знает все.

255.

Придерживайтесь слова Божьего. Начните понимать едва уловимые признаки

о божественной воле в жизни. Склонитесь и отдайтесь им с верой и

преданность. Ваш путь возвысит вас.

256.

Спрашивайте себя об этом каждый день,

"Сделал ли я все, что от меня требовалось, с преданностью, искренностью и чистосердечием"

Если ответ положительный, то это лучшее, что вы можете сделать: спите спокойно, а остальное предоставьте Ему.

257.

Предоставьте это Богу, и пусть вы будете свободны.

258.

Пусть Всемогущий благословит всех нас Своим Божественным Светом в наших
сердца и умы, когда он просвещает мудрых и преданных.

259.

Творите добро и продолжайте творить
Хорошо. Это должны ценить вы, а не другие.

260.

Положитесь на НЕГО, вы никогда не пожалеете.

261.

Упорно и неустанно боритесь за то, что поручено нам Матерью-природой.

262.

Времена года - это напоминание нам о Боге, о том, что нет ничего постоянного.

263.

Нет ничего лучше, чем жить по его воле. Вера в него никогда не ослабевает.

264.

Жизнь меняется от бытия к небытию снова и снова. Это и есть тот самый

круг. Пока это происходит, блаженство может проявиться только при наличии яркой, мудрой и преданной Кармы.

265.

Озари свою душу бескорыстной самоотдачей и служением.

266.

Молитесь с чистым сердцем и будьте уверены в своей свободе.

267.

Перемены - это единственная постоянная величина.
Принятие с верой - это путь к божественному.

268.

Вера, Капитуляция и принятие. Все, что отличается от этого, является верным способом спуститься по циклу существования и в конечном счете
вредно для нашего путешествия.

269.

Привычки составляют важнейшую часть нашего существования. Они существуют в нашем

психику, но глубоко затрагивают нашу

физическое тело и, в конечном счете, наша судьба.

Следите за повседневными стереотипами мышления и принимайте добро, выбрасывая мусор.

270.

Места, профессии, отношения, взаимодействия и телесность в жизни все меняется много раз. Позаботьтесь о том, чтобы основная миссия работы на божественное не менялась.

271.

Осознанно или нет, но мыслительные процессы меняются вместе со временем. Иногда больше

уровни существования меняются для человека не на один. Именно так кристаллизуется Карма.

272.

Идите вперед, создайте для себя божественное блаженство. Делай все, что будет разумно, бескорыстный и целеустремленный. Вы будете благословлены.

273.

Времена, методы и культура божественного никогда не меняются, они остаются неизменными. Все остальное - это болезни, порожденные нежелательной кармой.

274.

Расслабьтесь, вам не все дано понять. Выполняйте свои поручения
Карму и подчиниться его воле.

275.

Встречайте мир с распростертыми объятиями. Хотя это меняет свой

презентация проводилась много раз, но все же,

это презентация Создателя, следовательно, она будет поучительной,

освобождающий и прогрессивный.

276.

Какой бы ни была ситуация, в каком бы состоянии вы ни находились, полагайтесь на Бога и его естественная семантика. Вы будете на правильном пути.

277.

Выполняйте Карму с предельной самоотдачей, верой и молитвами. Карма

преданность ЕМУ - это единственный путь к блаженству!!!

278.

Естественные рефлексы неизбежны.

У них есть странные способы проявляться. Ведение более эффективного бизнеса

у нее улучшатся рефлексы.

279.

Сегодня тот день, когда мы можем начать все, что должно быть сделано.

Никогда не бывает слишком поздно.

280.

Когда вы преданы Богу, верны ему, полагаетесь на Него и следуете за Ним, вы

обязательно проживите и ощутите Божественное!!!

281.

У жизни есть свои пути, которыми управляет Сила Времени. Время берет свое

Сила прокладывать пути в соответствии с поступками. Занимайтесь плодотворным, просветляющим делом

и мудрые поступки, позволяющие пройти прекрасный жизненный путь.

282.

Холмы и долины - и то, и другое является частью этого замечательного жизненного пути. Продолжайте двигаться с верой, молитвой и истиной.

283.

Избыток всего является злокачественным.

Даже удовольствиями и хорошими вещами следует наслаждаться в полной мере, но проверять их на предмет излишеств.

Сбалансируйте мыслительный процесс для плодотворного жизненного пути и после него.

284.

Продолжайте с сердцем, полным любви, сострадания и сопереживания ко всем и каждому. Это очистит настоящее и будущее.

285.

Уважайте течение жизни, ибо именно Всевышний привел ее в движение.

Будьте хорошим инструментом в его руках, чтобы он мог использовать нас для создания божественных проявлений своей славы.

286.

Сомнение - это болезнь, разрушающая наш покой. Избавьтесь от сомнений и верьте в Бога.

287.

Приветствуйте мир, жизнь и ее обстоятельства, потому что они здесь не просто так.

Верьте, что, поступая так от чистого сердца, вы возвыситесь.

288.

Придет время, оно придет для каждого. Держись там. Держи вера, молитвы и добрые жесты живы всегда.

289.

Следуйте за Светом Души, который осветит ваш путь. Это поведет вас в правильном направлении.

290.

Начните сегодня, никогда не поздно.
Используйте эту возможность для очищения кармы.

291.

Шаг за шагом в правильном направлении открывает путь к чудесам.

292.

Самое начало дня, если мы помним, что следующий день - это
наша возможность служить более широкой цели этого универсального
существование. Мы являемся частью целого и должны выполнять свои обязанности.
выполняйте задачи с максимальным старанием; у нас будет насыщенный день.

293.

Великие события происходят на жизненном пути, когда ими руководит сила созидания.

294.

Идите по своему пути с уверенностью в Бог. Путь станет более ясным, дорогим и освобождающим.

295.

Мудрость ума и действий ведет к освобождению.

296.

Время - величайшая сила в этой Вселенной. Это может привести к изменениям, о которых никто и не думал. Только карма является

определяющий фактор для этой власти.

297.

Обстоятельства могут измениться, а затем измениться снова. Не меняйте себя только в соответствии с обстоятельствами.

...

298.

Карма - это наш ключ к построению будущего.

Это наша карма, которая проявляется в ситуациях и последствиях, которые мы получаем.

Для лучшей кармы необходимо лучшее мышление. Карма на самом деле

сначала это начинается в нашем сознании. Сохранение менталитета и шаблонов мышления

чем лучше результаты, тем лучше карма.

299.

Реальность проявляется для нас не во внешнем окружении
в основном, но это наш внутренний
мысли, эмоции и
отношения с самим собой, которые
отражается во внешнем мире для нас.

Соединяя божественное, которое находится внутри нас, мы создаем божественное
испытайте все вокруг.

...

300.

Тучи неизвестности, страх перед будущим и бесплодные действия;

в нашей жизни есть место для всего.

путешествие. Переживите эти времена, сохраняя веру, стойкость и решимость.

...

Об авторе

Виккас Кумар Гоял

Виккас Кумар Гоял - бизнесмен, ведический Астролог, специалист в области информационных технологий, энтузиаст Аюрведы и последователь Универсального и древнего ведического образа жизни.

С детства склонный к духовности, он начал изучать древние ведические науки Индии, которые включают ведическую астрологию, Аюрведу. Он хорошо знаком с ведическими писаниями, включая "Бхагавад-гиту", "Рамаяну", "Махабхарату", "Упанишады" и связанные с ними тексты. В остальном он также является плодовитым читателем различных жанров литературы.

Он искатель Истины